DER STRUWWELPETER

LUSTIGE
GESCHICHTEN
UND
DROLLIGE
BILDER

HEINRICH HOFFMANN

Inhaltsverzeichnis

DER STRUWWELPETER
LUSTIGE GESCHICHTEN UND DROLLIGE BILDER
Heinrich Hoffman

Zuerst veröffentlicht 1845 als
*Lustige Geschichten und drollige Bilder mit 15 schön kolorierten Tafeln
für Kinder von 3–6 Jahren*

und in 1858 als
Der Struwwelpeter

Diese Ausgabe 2014

Sandycroft Publishing
http://sandycroftpublishing.vom

ISBN 978-1-68418-601-3

Wenn die Kinder artig sind,
Kommt zu ihnen das Christkind;
Wenn sie ihre Suppe essen
Und das Brot auch nicht vergessen,
Wenn sie, ohne Lärm zu machen,
Still sind bei den Siebensachen,
Beim Spaziergehn auf den Gassen
Von Mama sich führen lassen,
Bringt es ihnen Gut's genug
Und ein schönes Bilderbuch.

Struwwelpeter

Sieh einmal, hier steht er,
Pfui! der Struwwelpeter
An den Händen beiden
Ließ er sich nicht schneiden
Seine Nägel fast ein Jahr;
Kämmen ließ er sich nicht sein
Haar.
Pfui! ruft da ein Jeder:
Garst'ger Struwwelpeter!

Die Geschichte vom bösen Friederich

Der Friederich, der Friederich
Das war ein arger Wüsterich
Er fing die Fliegen in dem Haus
Und riß ihnen die Flügel aus.
Er schlug die Stühl' und Vögel tot,
Die Katzen litten große Not.
Und höre nur, wie bös er war:
Er peitschte, ach, sein Gretchen gar!

Am Wasser stand ein großer Hund,
Trank Wasser dort mit seinem Mund.
Da mit der Peitsch' herzu sich schlich
Der bitterböse Friederich;
Und schlug den Hund, der heulte sehr,
Und trat und schlug ihn immer mehr.

Da biß der Hund ihn in das Bein,
Recht tief bis in das Blut hinein.
Der bitterböse Friederich,
Der schrie und weinte bitterlich. -
Jedoch nach Hause lief der Hund
Und trug die Peitsche in dem Mund.

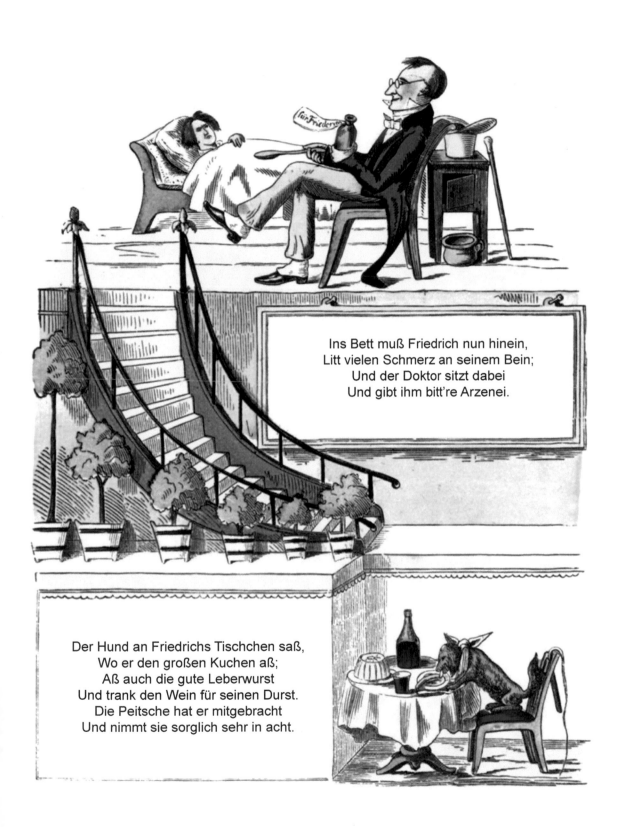

Ins Bett muß Friedrich nun hinein,
Litt vielen Schmerz an seinem Bein;
Und der Doktor sitzt dabei
Und gibt ihm bitt're Arzenei.

Der Hund an Friedrichs Tischchen saß,
Wo er den großen Kuchen aß;
Aß auch die gute Leberwurst
Und trank den Wein für seinen Durst.
Die Peitsche hat er mitgebracht
Und nimmt sie sorglich sehr in acht.

Die gar traurige Geschichte mit dem Feuerzeug

IPaulinchen war allein zu Haus,
Die Eltern waren beide aus.
Als sie nun durch das Zimmer sprang
Mit leichtem Mut und Sing und Sang,
Da sah sie plötzlich vor sich stehn
Ein Feuerzeug, nett anzusehn.
„Ei," sprach sie, „ei, wie schön und fein !
Das muß ein trefflich Spielzeug sein.
Ich zünde mir ein Hölzlein an,
wie's oft die Mutter hat getan."

Und Minz und Maunz, die Katzen,
Erheben ihre Tatzen.
Sie drohen mit den Pfoten:
„Der Vater hat's verboten!
Miau! Mio! Miau! Mio!
Laß stehn! Sonst brennst Du lichterloh!"

Paulinchen hört die Katzen nicht!
Das Hölzchen brennt gar lustig hell und licht,
Das flackert lustig, knistert laut,
Grad wie ihr's auf dem Bilde schaut.
Paulinchen aber freut sich sehr
Und sprang im Zimmer hin und her.

Doch Minz und Maunz, die Katzen,
Erheben ihre Tatzen.
Sie drohen mit den Pfoten:
„Die Mutter hat's verboten !
Miau! Mio! Miau! Mio!
Wirf's weg! Sonst brennst Du lichterloh."

Doch weh ! Die Flamme faßt das Kleid,
Die Schürze brennt; es leuchtet weit.
Es brennt die Hand, es brennt das Haar,
Es brennt das ganze Kind sogar.

Und Minz und Maunz, die schreien
Gar jämmerlich zu zweien :
„Herbei ! Herbei ! Wer hilft geschwind ?
Im Feuer steht das ganze Kind !
Miau! Mio! Miau! Mio!
Zu Hilf'! Das Kind brennt lichterloh !"

Verbrannt ist alles ganz und gar,
Das arme Kind mit Haut und Haar;
Ein Häuflein Asche bleibt allein
Und beide Schuh', so hübsch und fein.

Und Minz und Maunz, die kleinen,
die sitzen da und weinen :
„Miau ! Mio ! Miau ! Mio !
Wo sind die armen Eltern ? Wo ?"
Und ihre Tränen fließen
Wie's Bächlein auf den Wiesen.

Es ging spazieren vor dem Tor
Ein kohlpechrabenschwarzer Mohr.
Die Sonne schien ihm aufs Gehirn
Da nahm er seinen Sonnenschirm.
Da kam der Ludwig hergerannt
Und trug sein Fähnchen in der Hand.
Der Kaspar kam mit schnellem Schritt
Und brachte seine Bretzel mit;
Und auch der Wilhelm war nicht steif
Und brachte seinen runden Reif.
Die schrie'n und lachten alle drei
Als dort das Mohrchen ging vorbei,
Weil es so schwarz wie Tinte sei!

Da kam der große Nikolas
Mit seinem großen Tintenfaß.
Der sprach: Ihr Kinder, hört mir zu,
Und laßt den Mohren hübsch in Ruh'!
Was kann denn dieser Mohr dafür,
Daß er so weiß nicht ist, wie ihr?
Die Buben aber folgten nicht,
Und lachten ihm ins Angesicht,
Und lachten ärger als zuvor
Über den armen schwaren Mohr.

Der Nikolas wurde bös und wild, -
Du siehst es hier auf diesem Bild!
Er packte gleich die Buben fest,
Beim Arm, beim Kopf, bei Rock und West',
Den Wilhelm und den Ludewig,
Den Kaspar auch, der wehrte sich.

Er tunkt sie in die Tinte tief,
Wie auch der Kaspar : „Feuer!" rief.
Bis über'n Kopf ins Tintenfaß
Tunkt sie der große Nikolas.

Du siehst sie hier, wie schwarz sie sind,
Viel schwärzer als das Mohrenkind!
Der Mohr voraus im Sonnenschein,
Die Tintenbuben hintendrein;
Und hätten sie nicht so gelacht,
Hätt' Nikolas sie nicht schwarz gemacht.

Die Geschichte von dem wilden Jäger

Es zog der wilde Jägersmann
Sein grasgrün neues Röcklein an;
Nahm Ranzen, Pulverhorn und Flint',
Und lief hinaus in's Feld geschwind.

Er trug die Brille auf der Nas'
Und wollte schießen todt der Haas.

Das Häschen sitzt im Blätterhaus,
Und lacht den wildern Jäger aus.

Jetzt schien die Sonne gar zu sehr,
Da ward ihm sein Gewehr zu schwer.
Er legte sich ins grüne Gras;
Das Alles sah der kleine Haas.
Und als der Jäger schnarcht' und schlief,
Der Haas ganz heimlich zu ihm lief,
Und nahm die Flint' und auch die Brill'
Und schlich davon ganz leis' und still.

Die Brille hat has Häschen jetzt
Sich selber auf die Nas' gestzt;
Und schießen will's aus dem Gewehr.
Der Jäger aber fürcht't sich sehr.
Er läuft davon und springt und schreit:
"Zu Hülf', ihr Leut', zu Hülf', ihr Leut'!"

Da kommt der wilde Jägersmann
Zuletzt beim tiefen Brünnchen an,
Er springt hinein. Die Noth war groß;
Es schießt der Haas die Flinte los.

Des Jägers Frau am Fenster saß
Und trank aus ihrer Kaffeetass'.
Die schoß das Häschen ganz entzwei;
Da rief die Frau: O wei! O wei!
Doch bei dem Brünnchen heimlich saß
Des Häschens Kind, der kleine Haas.
Der hockte da im grünen Gras;
Dem floß der Kaffee auf die Nas'.
Er schrie: Wer hat mich da verbrannt?
Und hielt den Löffel in der Hand.

Die Geschichte vom Daumenlutscher

„Konrad!" sprach die Frau Mamma,
„Ich geh aus und du bleibst da.
Sei hübsch ordentlich und fromm.
Bis nach Hause ich wieder komm'
Und vor allem, Konrad, hör!
Lutsche nicht am Daumen mehr;
Denn der Schneider mit der Scher'
Kommt sonst ganz geschwind daher,
Und die Daumen schneidet er
Ab, als ob Papier es wär'."

Fort geht nun die Mutter und
Wupp! den Daumen in den Mund.

Bauz! Da geht die Türe auf,
Und herein in schnellem Lauf
Springt der Schneider in die Stub'
Zu dem Daumen-Lutscher-Bub.
Weh! Jetzt geht es klipp und klapp
Mit der Scher' die Daumen ab,
Mit der großen scharfen Scher'!
Hei! Da schreit der Konrad sehr.

Als die Mutter kommt nach Haus,
Sieht der Konrad traurig aus.
Ohne Daumen steht er dort,
Die sind alle beide fort.

Die Geschichte vom Suppen-Kaspar

Der Kaspar, der war kerngesund,
Ein dicker Bub und kegelrund,
Er hatte Backen rot und frisch;
Die Suppe aß er hübsch bei Tisch.
Doch einmal fing er an zu schrei'n:
„Ich esse keine Suppe! Nein!
Ich esse meine Suppe nicht!
Nein, meine Suppe ess' ich nicht!".

Am nächsten Tag, - ja sieh nur her! -
Da war er schon viel magerer.
Da fing er wieder an zu schrei'n:.
„Ich esse keine Suppe! Nein!
Ich esse meine Suppe nicht!
Nein, meine Suppe ess' ich nicht!"

Am dritten Tag, o weh und ach!
Wie ist der Kaspar dünn und schwach!
Doch als die Suppe kam herein,
Gleich fing er wieder an zu schrei'n:
„Ich esse keine Suppe! Nein!
Ich esse meine Suppe nicht!
Nein, meine Suppe ess' ich nicht!"

Am vierten Tage endlich gar
Der Kaspar wie ein Fädchen war.

Er wog vielleicht ein halbes Lot -
Und war am fünften Tage tot.

Die Geschichte vom Zappel-Philipp

„Ob der Philipp heute still
Wohl bei Tische sitzen will ?"
Also sprach in ernstem Ton
Der Papa zu seinem Sohn,
Und die Mutter blickte stumm
Auf dem ganzen Tisch herum.
Doch der Philipp hörte nicht,
Was zu ihm der Vater spricht.
Er gaukelt
Und schaukelt,
Er trappelt
Und zappelt
Auf dem Stuhle hin und her.
„Philipp, das mißfällt mir sehr !"

Seht, ihr lieben Kinder, seht,
Wie's dem Philipp weiter geht !
Oben steht es auf dem Bild.
Seht ! Er schaukelt gar zu wild,
Bis der Stuhl nach hinten fällt;
Da ist nichts mehr, was ihn hält;
Nach dem Tischtuch greift er, schreit.
Doch was hilfts ? Zu gleicher Zeit
Fallen Teller, Flasch' und Brot.
Vater ist in großer Not,
Und die Mutter blicket stumm
Auf dem ganzen Tisch herum.

Nun ist der Philipp ganz versteckt,
und der Tisch ist abgedeckt,
Was der Vater essen wollt',
Unten auf der Erde rollt;
Suppe, Brot und alle Bissen,
Alles ist herabgebissen;
Suppenschüssel ist entzwei,
Und die Eltern stehn dabei.
Beide sind gar zornig sehr,
Haben nichts zu essen mehr.

Die Geschichte von Hans Guck-in-die-Luft

Wenn der Hans zur Schule ging,
Stets sein Blick am Himmel hing.
Nach den Dächern, Wolken, Schwalben
Schaut er aufwärts allenthalben:
Vor die eignen Füße dicht,
Ja, da sah der Bursche nicht,
Also daß ein jeder ruft:
„Seht den Hans Guck-in-die-Luft!"

Kam ein Hund daher gerannt;
Hänslein blickte unverwandt
In die Luft.
Niemand ruft:
„Hans gib acht, der Hund ist nah !"
Was geschah ?
Bauz! Perdauz! - da liegen zwei!
Hund und Hänschen nebenbei.

Einst ging er an Ufers Rand
Mit der Mappe in der Hand.
Nach dem blauen Himmel hoch
Sah er, wo die Schwalbe flog,
Also daß er kerzengrad
Immer mehr zum Flusse trat.

Und die Fischlein in der Reih'
Sind erstaunt sehr, alle drei.

Noch ein Schritt! und plumbs! der Hans
Stürst hinab kopfüber ganz! -
Die drei Fischlein sehr erschreckt
Haben sich sogleich versteckt.

Doch zum Glück da kommen zwei
Männer aus der Näh' herbei,
Und die haben ihn mit Stangen
Aus dem Wasser aufgefangen.

Seht! Nun steht er triefend naß!
Ei! das ist ein schlechter Spaß!
Wasser läuft dem armen Wicht
Aus dem Haaren in's Gesicht,
Aus den Kleidern, von dem Armen;
Und es friert ihn zum Erbarmen.

Doch die Fischlein alle drei,
Schwimmen hurtig gleich herbei;
Strecken's Köpflein aus der Fluth,
Lachen, daß man's hören thut,
Lachen fort noch lange Zeit;
Und die Mappe schwimmt schon weit.

Die Geschichte vom fliegenden Robert

Wenn der Regen niederbraust,
Wenn der Sturm das Feld durchsaust,
Bleiben Mädchen oder Buben
Hübsch daheim in Ihren Stuben. -
Robert aber dachte : Nein !
Das muß draußen herrlich sein ! -
Und im Felde patschet er
Mit dem Regenschirm umher.

Hui wie pfeift der Sturm und keucht,
Daß der Baum sich niederbeugt !

Seht ! Den Schirm erfaßt der Wind,
Und der Robert fliegt geschwind
Durch die Luft so hoch, so weit;
Niemand hört ihn, wennn er schreit.
An die Wolken stößt er schon,
Und der Hut fliegt auch davon.

Schirm und Robert fliegen dort
Durch die Wolken immerfort.
Und der Hut fliegt weit voran,
Stößt zuletzt am Himmel an.
Wo der Wind sie hingetragen,
Ja, das weiß kein Mensch zu sagen.

Lesen Sie auch

Max und Moritz: eine Bubengeschichte in sieben Streichen

Wilhelm Busch

Sandycroft Publishing

CPSIA information can be obtained
at www.ICGtesting.com
Printed in the USA
LVIC060411190719
624622LV00001BC/5

* 9 7 8 1 6 8 4 1 8 6 0 1 3 *